君のことを
愛しているよ！
まるで
友達のようにネ！

和泉なおふみ

「恋人岬から眺めた富士山」
写真　杉崎美佳

Parade Books

東京の街が好き！

木枯らしの吹く青梅街道沿いの歩道を歩いていると人恋しくなる！
人ごみの中に逃げ込んでひとりぽっちのさみしさをごまかす自分！
愛している人がふるさとに去り、ひとりでいる究極的なさびしさ！
だけど、ボクは東京の街が好き！ 想い出がまるで昨日の事のようだから！

他人につれなく無関心で冷たい人ばかり歩いているような雰囲気がする！
そして、渋谷のスクランブル交差点で人々が肩をぶつけあいながら
まるで喧嘩をしながら歩いているようにも見える人ごみの光景！
だけど、ボクは東京の街が好き！ 人間模様の街だから！

他人に薄情な冷たさが時には、優しさや温もりに感じられる時がある！
そんな皮肉っぽさを彩る夜景の美しさも披露してくれる高層ビルの輝き！
だから、ボクは東京の街が好き！ 涙の数だけ誰かに優しく出来るから！

仕事は何？ 結婚は？ どこから来たか？ どこで、生まれたか？
そんな、濡れ事や野暮な話などお構いなしの大都会の生活！
だから、ボクは東京の街が好き！ だって、夢が実現する街だから！

和泉なおふみ

写真　ハルンあきひろ

I love Tokyo

I miss someone when I wander around the wintry sidewalks along the Ome -Kaido Road.
To fight the loneliness of being by myself, I escape into the crowd of people.
The fundamental loneliness of my isolation remains when I think of the person that I love
who has gone back to her hometown. Even so, I am delighted by the street of Tokyo,

because the memories from my past return to me as if they happened yesterday.
I feel as though the people walking here are all unkind, apathetic, and cold to each other. Then
I see a crowd of people walking as if they were bumping shoulders and arguing at shibuya crossing.
Even so, I am charmed by the streets of Tokyo, because they are full of human experiences.

At times, I feel tenderness and warmth, even in the heartless coldness of others.
Shining high-rises create a beautiful nightscape in a colourful blend of irony. That makes me
mesmerized by the streets of Tokyo. The more tears I shed, the more compassionate I become.

What do you do for a living? Are you married? Where are you from? Where were you born?
Nobody cares about such love affairs and personal stories in life in a big city!
That makes me charmed by the streets of Tokyo. It is a place where dreams come true!

Naofumi Izumi

日はまた昇る

コーヒーを飲みながら、宛先不明の手紙を
深夜何度も書き直していると、夜明けの近い空に残月が見えた。
まどろみの中で、鳥達のざわめきと共に
ふっと、気がつくと残月の空に、日が昇りかけていた。
また、届かずじまいの私の気持ちを、誰に伝えようか?

和泉なおふみ

Picture　Simon W. Rodgers
写　真　サイモン・ロジャース

流れ星はボクの涙

流れ星を見たら、流れ終わる間に3回願い事を言えると、
夢が叶うと伝えられているけど、やっぱり夢かな？
だって、流れ星はボクの涙！ だって、ボクの涙は流れ星！
宇宙の銀河系からひとつの星が消えたとか……

流れ星を見たら、誰かがこの世から死んでしまったとか！
満天の星空に誰かが輝く星に生まれ変わったとか！
なぜか切ない気持ち！ 淋しいけど！ 悲しいけど！
しあわせの一番星を見つけて人恋しくて、うつ向いてしまう！

だって、流れ星はボクの涙！ だって、ボクの涙は流れ星だから！
もしも、満天の星空に流れ星が流れる瞬間に、3回願い事を言えたなら、
ボクの尊い夢が叶いそうな気配がしそう！

だって、流れ星はボクの涙！ だって、ボクの涙は流れ星だから！
もしも、青い涙が頬をつたう間に、3回願い事を言えたなら、
ボクの運命の人に出逢えそうな予感がします。

和泉なおふみ

写真　ハルンあきひろ

下を向いていたら虹は見えないよ！

悲しい事があってひとり部屋で音楽を聴きながら
物思いにふけっていても何も始まりませんネ！
窓から外へ飛び出すように元気に笑って過ごしたいです。
笑顔は、全ての問題を解決してくれる手段ですネ！
そしたらあしたの空に、夢の虹がつかめそうな気がします！

わかれの手紙が届いて、ボーッとテレビをひとりで見ていても
何ひとつ整理も出来ずに未来へ進めませんネ！
車で真夜中のハイウェイを飛ばして、すべての恋を水に流して
忘れる事も良い薬になり、未来の光が輝いて来そうです。
そしたらあしたの空に真っ赤な希望の夕日が虹と共に見えるだろう！

友達の約束をわざとすっぽかして、部屋でひとりコーヒーを飲んで
今更後悔しても何も始まらない！　ただの後の祭り！
彼奴のお気に入りのワインを片手にして「お前の家へ！　今から行くよ！」と
電話して、笑顔を彼奴へ見せればいいじゃあないか！
そしたらあしたの空に、白い鳩が虹に向かって飛んでいる風景が輝いている！

虹を追いかけていたあの頃の自分はいつもないものねだりの青い鳥！
きのうの自分よりも、もっともっときょうの自分を愛するように生きて行きます！
そしたらすべての自分の夢が、青い空と海にまたがる虹に未来が見えて来そう！

和泉なおふみ

Picture　Simon W. Rodgers
写　真　サイモン・ロジャース

うたかたの恋

恋はいつも、儚いもの泡のよう。
好きな人を見つめるだけ、儚い瞬間。
恋心を言葉にすればいいのに泡のよう。
あなたに好きと言われてもっと愛されたかった。

そして、今は涙の数だけ強く生きられるようになったけど……
夜ごと夜ごとあなたの名前を夜空に浮かぶ星に叫んだ！
あなたと私は赤い糸で結ばれているとは限らない！
あなたの生活の中に溶け込み、もっともっと愛されたかった！

恋はいつも儚い泡のよう！ そして、まるで唯一無二の宝物のよう！
愛するが故に呪われた自分が哀しく存在した恋愛時代！
そして、今は涙の数だけしあわせになれると信じているけど……

ただ、好きな人を見つめているだけ、束の間の瞬間！
恋を言葉にしなければ、朝雲暮雨の夢を追いかけるだけ！
もうこのまま、恋がれ死にしてしまいたい！

和泉なおふみ

Picture　Simon W. Rodgers
写　真　サイモン・ロジャース

水たまりのコーヒー

小さな頃からコーヒーは、大好きでした。
しかし、おばあちゃんからも、お母さんからも
コーヒーを飲むと馬鹿になるからダメですよ!
大人になるには、利口にならないと! 立派にならないと!

だから、大人になりたいから決して、コーヒーは口に入れませんでした。
雨上がり、道の水たまりの色が、いつもコーヒー色していたから!
こんなに沢山コーヒーが飲めたらいいナ! いつも、飲みたかった!
20歳を過ぎても大人になれず、大人達の約束も守れずコーヒーを飲みました。

ミルクをたっぷり入れればいいのに! そして、甘いサヨナラを宝物にかえて!
だけど、アメリカンで飲めばいいのに、エスプレッソでいつも飲んでいます。
そしてカタツムリのように1歩ずつでいいから、一生懸命に着実に進んで行く!

カフェインで、未来を見せてくれそう! そして、甘いサヨナラを涙にかえて!
遠い昔の夢を、叶えてくれそう! 今夜だけ大人になれそうな感じ!
そして、虹の映った水たまりのような、熱望のコーヒーを飲み続けます!

和泉なおふみ

写真　南田祐子

蜻蛉

蜻蛉と追いかけっこした素敵な想い出もあるけど
極楽蜻蛉と言われた事のあるボクですけど
尻切れ蜻蛉にならぬように人生を振り返らず
一直線に青空に向かって高く飛んでみるよ!

そして、自分の心の中の邪悪を蜻蛉切りして行きます。
愛犬ゾロ君、何しているの? ダメ!
家に入って来た、蜻蛉をいじめないで!!
だって、ご先祖様の里帰りでしょう!

青空へ投げてあげようよ! いいだろ!
蜻蛉帰りしてくれてありがとう! ボクの蜻蛉様
青空だから蜻蛉は空へ高く高く飛ぶよ!

ボクの心の中の雨はもう止んだから! いいのサァ!
もう一度ボクも、一直線に青空へ向かって高く高く飛んでみせます!
だから、蜻蛉帰りしてくれて蜻蛉さんありがとう! ボクのご先祖様!

　　　　　　　　　和泉なおふみ

写真　今井延夫

恋する気持ち

初恋は、何歳の時? 恋は、いつ!
やっぱり片思いだったけど、おもいっきり相手を好きになりました!
相手がいなければ、明日の空も見れないくらいでした!
でも、時が流れるにつれ、ため息をつく事で忘れられるようになりました!

終いには、また似ている人を探せばいいと思うようになりました!
自分自身にあきれてしまいました、情けなくなりました!
でも、恋はまたします! 片思いでも、ひとりよがりの恋でも! いけませんか?
だから、誰かに届くまで、ボクの気持ちを青空へ発信しています!

いつか、きっと誰かが受け取ってくれる恋する気持ち、ボクの気持ち
そして、ボクの恋する気持ちを一緒に育ててくれると思う!
たとえ、雑草のように踏まれても、けちらされても!

いつか、きっと誰かが受け留めてくれる恋する気持ち、ボクの気持ち
そして、ボクの恋する気持ちの黄色い薔薇を咲き乱してくれると思う!
たとえ、雑草のように踏みけちらされても、砕かれても!

和泉なおふみ

写真 丸田重和

そっと、私を抱きしめて!

あなたに逢いに東京からバスに乗って北国へ行ったよ!
バスの窓ガラスに映る山形、秋田の風景は万華鏡を覗くようだった!
空が近くに感じて「この空も外国につながっているんだな!」と考えた。
ものすごく空気が吐く息よりも透明で、鳥海山の雪が私の心を白く染めて行った。

しかし、万華鏡の窓ガラスに映った私の心はすっかり汚れ歪んでいた!
覚えていたと思っていたが笑う事をすっかり忘れてしまっていた。
いつも空は美しいとは限らないけど、人々は親切ではないけど、
だけど、そんな人に無関心な、東京が居心地よくやさしく感じる。

北国で残念だったけど、雲が意地悪をして星を見る事が出来なかった。
だけど、私のほっぺたに何度も何度も流れ星が流れ散った。
だって北国の人々が温かかった! だから、小雪の季節にあなたに逢いに来るよ!

津軽の冷たい風もただそっと、やさしく私を抱きしめてくれるだけ!
いまだにあなたの温もりが握り拳に残っている! また、あなたに逢えるかナ〜ァ?
今際の果てに、私の心は言葉を失くしてしまった! もう何もいらない!

和泉なおふみ

写真　渡会三津

涙の切れっぱし

ふっと、本の間から溢れ落ちた手紙の切れっぱし！
私の涙で文字がにじんでいて水玉模様みたいだった。
あの人の友達から私へ宛てた手紙だった。
その後の、あの人の近況を知らせ届いた手紙だった。

今となって、冷静に読む事の出来る恋の果てを述べる手紙！
あの当時は、世界中で一番不幸な自分と思っていた！
幾たびも見送る季節と共に、せつない想い出が薄れて行った。
あの人の友達があの人の不幸を告げる手紙を私へ届けた！

今となっては、私の人生の1ページにしか過ぎない過去の恋物語だった！
涙で文字がにじんでいる手紙の切れっぱし、恋の切れっぱし！
涙の切れっぱしを大切に宝箱に閉まっていたわけではないのだが……

枯葉が蝶達に見えるような秋の日の午後の風の中で、
涙で文字がにじんでいる手紙の切れっぱし、涙の切れっぱしが
私の心の扉の前に、未だに輝いて枯葉のように落ちていた！

和泉なおふみ

写真　山口勝也

恋の追いかけっこ

おい！ お前何ボ〜ッと立っているんだよ！ 何を持っているんだ右手に？
お前まだ彼女へ手紙を渡していないのかよ！ どうしてなんだ！
そうなんだ！ 渡すタイミングを逃して、彼女いつも薫と一緒なんだ！
手紙かしてみろよ！ 俺が渡してやる！ そうか！ ありがとう！

たかしとは、幼なじみの親友なんだけどサァ！
本心を告白すると、俺も彼女の事をず〜っと心に秘めていたんだ！
たかしの彼女行きの手紙を海に流し、引き換えに砂浜で拾った
白い貝殻を彼女にやさしく内緒に渡そう！ 秘密！

海の香りと波のささやきがいっぱい詰まった白い貝殻！
きっと、彼女が喜ぶに違いないぞ！ 微笑みが見えてくる！
ついでに、俺の恋する気持ちも白い貝殻にたっぷり添えて！

恋は追いかけっこ、早い者勝ち！
裏切りの心を、砂の城に隠して！
「内緒だよ！ 秘密だよ！」と潮風が噂する！

放課後、たかしが手紙の事を尋ねてきた！
ボクは無表情で「彼女は微笑んで手紙をカバンに入れた。もしも彼女から
返事が戻ってこなかったら、それが返事なんだよ！」と言った！

恋は追いかけっこ、早い者勝ち！ 最後に笑う者は、早い者勝ち！
「内緒だよ！ 秘密だよ！ でも、ボクは知っているよ！」と海がささやいた！
恋は獲得が出来たけど、後ろ髪を引かれる思いが心に深く残った！

和泉なおふみ

Picture Simon W. Rodgers
写 真 サイモン・ロジャース

宇宙の片隅で！

まだ春なのか冬なのかわからない早春の風の戯れの中で！
新宿のレールの傍らに、菜の花が青空に向かって咲いていました。
プラットホームから見間違えたと思い、目が黄色い花を追いかけました。
きっともしかしたら、ふるさとに咲いていた菜の花と同じだ！

こんなに人の多い街で、こんなに車だらけで菜の花が育つ場所さえないのに
そして、コンクリート・ジャングルの片隅で、青空に向かって咲いていた。
ふるさとの美味しい空気と透き通る空の下でしか咲かない菜の花と思っていた。
だから、ビックリ仰天したし熱いメモリーも感じ、希望があしたの空に見えた！

まだ春なのか冬なのかわからない早春の風の戯れの中で菜の花を見つけた。
だから、こんな人ゴミの街で、こんなに車だらけの街で希望を夢見た！
いくら悲しい恋を東京の街で経験しても挫けぬよう心に誓った。

捨てるような新宿の街でふるさとと同じ菜の花をレールの傍らに見つけた！
だから、ふるさとにしか咲かない菜の花と信じていたから嬉しかった！
ビックリ仰天もして気力が湧いて来て、夢があしたの青空へと広がって行った！

和泉なおふみ

Picture Simon W. Rodgers
写　真　サイモン・ロジャース

因果応報

嘘をつく事は決して実行してはいけない行動で、人を操る事だ！
1つの嘘をつく事で、もう1つの嘘を産み出さなくってはならない！
幾つもの嘘の中で、どの自分が自分なのかを見失い破滅してしまう！
嘘はいつかは、バレてしまうので、そんな無駄な時間を費やさない！

鳥が生き延びる為に、必死に蟻達を手当たり次第に食べている！
そして、鳥が空を飛ぶ事が出来ず、息を止めて死に絶えた時に
蟻達は待っていたかのように、生き延びる為に無我夢中で鳥を食べる！
この世は皮肉にも共存関係で成り立っている！持ちつ持たれつとでも言おうか！

時間が経つにつれて次第に世の中の状況が諸行無常の響きが変わって行く！
自分の鐘の音の響きが良い時に、悪い鐘の音の響きの人を笑ってはいけない！
自分が危機一髪になった時に、誰も手を差し伸べてはくれないからだ！

だから、嘘や人を傷つけて笑って楽しんで理不尽な行動は実行しない！
そして、自分を信じる事を忘れずに夢を抱き力強く人生を切り抜け歩んで行く！
そして、あくまでも自分の意志を貫き通す信念が大切である！

恩知らずな旧友

突然にも偶然にも何年も会っていない昔の友達と連絡が取れて嬉しいけど！
あの頃友達だった時にはお互いの事情や生活環境が同じだった。
だから友達としてお互いに夜通し寝ないで、こぼれ話を語り通じ合って来た。
長い間の空白の中で、どうやって昔の友達と付き合って行くのかというためらい！

突然にも偶然にも、昔の友達との想い出が甦って来てドキドキするけど！
今はボクの生活があり、愛が一番の甘い生活の夢の中で境界線を越えられるか？
パズルをひとつ動かすと、すべてのパズルを動かすのが怖いからかも！
空白の間がない古くからの親しい友達だったらいいのにと、自分に言い訳して！

そのまま想い出の箱を開けず、宝箱として輝かせていた方がいいのかも知れません。
今更、昔の友達に再会して夜通し寝ないで、身の上話を語り通じ合ったとしても、
もう一度、お互いの事情を理解して再び友達になれますか？

それとも、音信不通という子供じみた弱虫な事をしますか！ 泣き虫ですか？
それとも「かつての友達」とメッセージを残しますか！ 残せますか？
サヨナラの涙を背中に隠しても、こんな薄情なボクを恩知らずな旧友と呼びますか？

和泉なおふみ

Picture　Simon W. Rodgers
写　真　サイモン・ロジャース

水鏡

自分がこの世から消えてしまいたい程自分が嫌いだった時
水鏡に映る自分すら見るのが辛かった、みせかけだけのやさしい時間
そして、期待や希望を抱いていた自分さえ探す事が出来ずに別離の
悲しみに水鏡に映った逆さまの世界に戸惑い立ちすくんでいた自分！

過去へ戻って君に告白したい！「ずっと、好きだったんだ！」
今ならそんな勇気もあるのに、時が流れ過ぎてどうする事も出来ない！
過去の弱い自分を消し去り、似ている誰かを未来に見つけようと思いつつ！
過去の甘い生活を大切に秘密の花園に秘めて、今現在を楽しく過ごしている！

時々、君を探しだして伝えたい気分になる‼「死ぬほど好きだったんだ！」
鳥が飛んでいる姿が水中で泳いでいるかのように見える錯覚の世界の水鏡。
今夜は、何もかも忘れて見知らぬ人と面影を抱いて踊りあかしたい気分！

しかし、水鏡に映る君の笑顔が、亀が泳ぐ波紋ですら消す事が出来ない！
幾度となく波紋が、自分の泣き顔を皮肉にも笑顔に写して笑っている水鏡
俎上の魚のような自分が生まれ変われたらと切望し水鏡に哀しく泣いている。

和泉なおふみ

Picture　Simon W. Rodgers
写　真　サイモン・ロジャース

黄色いガーベラ

早起きして太陽が顔を出すか出さないかの間に庭の手入れをしました。
美しい黄色いガーベラがやさしく夏模様の光の中でボクに咲いてくれました。
あいつにあんなにくどくどと、たわいのないことを言うんではなかった。
あんなに意地を張るんではなかった！　なぜかためらって素直になれなかった！

あいつを思い出したら、少し目が熱くなって来ました。
泣いているわけではないよ！　泣き出したいだけだよ！
だって黄色いガーベラのように二人の美しい思い出を築き上げたかった。
しかし、あいつはボクとの夢を中途半端にして何処かへ消えてしまった！

黄色いガーベラが風に吹かれて揺れている、まるであいつの笑顔のように！
黄色いガーベラがあいつのように太陽の下で元気に咲いている！
あいつは、究極の愛を探していた。ボク達は理想的な愛だとボクは思っていた。

今度あいつに会えたら、ボク達は「究極の愛だよな！」と囁いてみよう！
そして二人一緒に黄色いガーベラの庭で踊り駆けまわるように願おう！
きょうも黄色いガーベラがひとりぽっちで太陽の下で元気に咲いています！

　　　　　　　　　　　　　　　　　　　和泉なおふみ

Picture　Naofumi Izumi
写　真　和泉なおふみ

愛言葉

友達に「また！あしたネ！」と言う代わりに
「おやすみ」と言って放課後に別れていました。
まるで合言葉のように使っていた「おやすみ」
今そんな遠い記憶を目が覚めたさわやかな朝に思い出しました。

そして月日が流れて叶わぬ恋を通りぬけて自分を許せるようになりました。
人を裁くのではなく、優しく見つめていられるように成長した自分です！
今の最愛の人に愛していると言えないから、愛の言葉が震えるから！
お互いに微笑んでいられればしあわせだから！愛を失いたくないから！

最愛の人に「愛している！」と言う代わりに
「ありがとう！」と言って笑顔で別れています！
私だけの愛言葉！誰にも内緒、秘密の愛言葉です！

最愛の人に「愛している！」と言う代わりに
「ありがとう！」と言って微笑んでさようならをしています！
私だけの愛言葉、そして、優しくさようならだけを見つめています！

和泉なおふみ

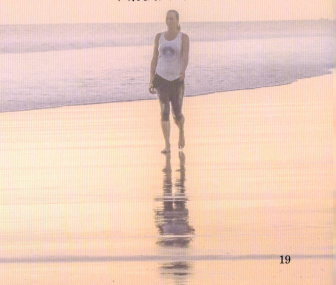

Picture　Simon W. Rodgers
写　真　サイモン・ロジャース

海の見える街へ

ボク達二人は元気でわんぱくな、悪戯好きな仲間達だよ！
いつも一緒で、行ったり来たりしてブレーキなしで突っ走り
ボク達は風と追いかけっこしたり、草原も駆け抜けたよネ！
車を走らせて青空に未来を見れると信じていたネ！

さすがに鳥海山は壮大で、日本海は美しすぎたネ！
誰もいない酒田の砂浜に、虹色のネックレスが波と戯れていた。
あまりにも君との時間が楽し過ぎて気まま過ぎて、居心地が良過ぎて
だから、君とのやさしい時間が終わってしまうなんて夢にも思わなかったよ！

夏休みが終わったかのように、ボク達の夢の行き先も分水嶺！
次の夢も引き続き二人一緒だと、お互いに錯覚してたよ！
君は、何処かへ行くのかい！ それともここ止まるのかい？
ボクは過去に止まらないから南へ帰ってみるよ！

春だから雪なんか降らないよネ！ 春一番も吹いているしネ！
いつも、君がサイド・ブレーキを引いてくれたけど！
今度はボクひとりで進んでみるよ！
だって、紫のヒヤシンスも咲いているから！

本当に君は、海の見えない街が君の未来なのかい？
ボクは、真実が見えそうな海の見える街へ行ってみるよ！
たとえ、海の見えない街へ再び帰る事になったとしても
決して、ボクは泣き事や後悔はしたくないから！

和泉なおふみ

写真　長沼洋一

熱愛

夜空を見上げて一番大きく輝いている星を探した。
いつもあなたは一番星のように私に輝きを与えてくれた！
そしてその一番星も今では私の心の中でしか輝いていない！
あなたは何処にいるの！　どうしているの？　元気な笑顔なの？

夕暮れ時に輝く一番星は、いつもと変わりなく永遠に輝いている！
もう、1000年もあなたと会っていないような一日千秋の思いで待っている！
もしも、突然、交差点であなたに会っても私を憶えているかな？
私の気持ちはあの頃のままだけど、鏡の中に映る私は別人のよう！

あなたは何処にいるの？　どうしているの？　まだ、一番星のように輝いているの？
もしも、偶然に春色の駅で出会って「まだ、愛している？」と質問されても？
私の気持ちはあの頃のままだけど「時の悪戯だよ！」とあなたにつぶやくだけ！

あなたは何処にいるの？　どうしているの？　元気な笑顔なの？
夕暮れ時に輝く一番星はいつもと変わりなく永遠に輝いている！
だけど私の気持ちはあの頃のままだけど、鏡の中に映る私は別人のよう！

和泉なおふみ

写真　棚澤明子

君に会いたい！　だけど……

誰かに恋した時、その人に会える喜びだけを感じていた！
それ以上の恋の期待や進行、そして告白はいらない！
あした偶然に色づいた街の片隅で君に会えるといいな？
そして、君に気づかれずに君の肌にやさしく触れてみたい！

そしてボクの魔法の吐息を君の心へと吹き注ぎたい気分！
でも恋に落ちるのが怖くない時に君に会いたかったな！
これ以上君に会い続けたらサヨナラを言えなくなる予感がする。
理由は説明が出来ないけど、ただ君に深く会いたい気持ち！

風に揺れる花、風になびく花！　それとも風と共に踊る秋桜！
まるで君の長い髪が風に揺れているかのように見える秋桜！
そんな胸の苦しみを知りながら、あしたも君に会いたい！

風に揺れる花、風になびく花！　それとも風と共に踊る秋桜！
まるでボクが泣いているかのように風に揺れている秋桜！
どうしてなのか説明が出来ないけど、あしたも君の笑顔に会いたい！

和泉なおふみ

写真　栩澤明子

美辞麗句

言葉を積み木のように組み合わせ、美しい言葉ばかりで飾りたてた美辞麗句！
手紙に書く決まり文句のような、美し過ぎるやさしい言葉の数々を彩る。
「お元気ですか？　そして、しあわせですか？　私を覚えていますか？」
相手に嫌われぬように、当たり障りのないように言葉を選ぶ美辞麗句！

聞こえがいいし、巧みに言葉を飾った美辞麗句だけど真実味を帯びぬ言葉！
言葉は飾りじゃあないけど、美し過ぎる言葉は要らないけど、心こめて
真心こめて、そして、愛を注いで馳せたいやさしい言葉の数々。
角が立たぬように挨拶をしていて心からの話をしなかった嘘の日々。

やさしい言葉のはずの美辞麗句が、何故かしら皮肉に聞こえてしまう！
矛盾を消し去り捨て鉢にならぬように人を助け、見返りをも求めなかった。
波風を立てぬように挨拶をして、心から語りあえなかった友達との付き合い！

だからそんな時に「こんにちは！」と微笑みを人々へ見せて感謝する。
言葉は飾りじゃあないけど、美し過ぎる言葉は要らないけど心こめて愛をこめて
そして、最愛のあの人に馳せたい素晴らしい言葉を飾る美辞麗句！

和泉なおふみ

写真　吉田千枝子

愛が壊れた時

愛が壊れた時にしあわせだったと気づいた!
何処かへ置き忘れた荷物のように愛を探した。
愛が壊れた時に尊い愛を失った事に気づいた。
私は口を開けたまま、その場に立ちすくんでしまった!

当たり前のように吹いてくる風にも気づかず
その風がいつものように訪れると思っていた。
「ありがとう」の言葉ですら置き忘れてしまい
毎日の忙しさに追いかけられて、追いまわされて!

愛が壊れた時に私はその場所にうずくまってしまった。
涙にもならない想い出が頭の中をかけめぐる悲しみの中で
置き忘れた荷物には何も意味のない現在が広がっていった。

相手と一緒にいるだけで良かった時に帰れるならば、もう一度愛を育みたい!
涙にもならぬ悲しみを心に嘆きながら、つぶやきながら、あきらめながら!
愛が壊れる前に悟るべきだったと、後悔する私の気持ちは誰にも届かない!

和泉なおふみ

写真　Mika

甘い生活

サヨナラ！ 今までのボクの愛達
太陽の光の中でつぶやいた、夏の日の朝
甘い生活をセピア色の写真の中に思い出して！
愛の歴史となった時間の狭間の中で
二人の夢の続きを探しまわった。

サヨナラ！ 今までのボクの愛達
風に乗せてささやいた、夏の日の夕暮れ！
ひとりよがりにも、愛の城を築きあげた！
二人の夢の続きを辿ってみた闇の中で
もう愛しあえない二人きりの
愛しい熱い甘い生活！

サヨナラ！ 今までのボクの愛達！
海に映る月に叫んだ、夏の夜のしじまの中で！
甘い生活をセピア色の想い出に夢を抱いて！
ふたたび感じたい二人の為の
愛しい夢の甘い生活！

和泉なおふみ

Picture : Simon W. Rodgers
写　真　サイモン・ロジャース

含み笑い

偶然にもまた虹を見ました。期待とか望みなどを待っていたわけじゃあないけど!
即座に反応して、車を道のわきに止めて、虹の写真を撮りました。

そして、夢色の写真立てに入れて、ボクの部屋に飾りました。
もう一度、七色以上ある虹の写真を見ながら、含み笑いをしました。

またひとつ、子供の頃に願った夢が叶いました。

和泉なおふみ

写真　佐藤英治

永遠の愛

子供の時に頭の良い人になれるように神様へお祈りをしました。
そして、誰かボクのそばにずっと居てくれる人を願いました。
「永遠の愛」は、信じていないけど！ だけど！ だけど……
死ぬまで一緒に、季節を感じ過ごしてくれる人を希望しました。

ボクの友達はいつも一緒に居てくれて嬉しい！
たとえ誰かがボクの気持ちを傷つけても、いいんだよ！
泣きたい気分になったとしても涙をぬぐって頑張る！
土砂降りの雨の中で泣けば誰にもボクのしっぽを見られない！

永遠の愛は信じないけど、諦めたわけじゃあないけど、だけど……
人間愛を信じています！ かすみ草のような恋を捨てたわけじゃあないけど！
溢れるほどの友達がボクの悲しい気持ちをほぐしてくれる。

人間愛を「永遠の愛」と信じます！ それが何よりのボクのしあわせ！
もしもたとえボクのそばに誰も居なくても！ やさしい時間が来なくても！
人間愛を「永遠の愛」と信じて生き、そして、後悔なく季節を迎えます。

　　　　　　　　　　　　　　　　　　　　　　和泉なおふみ

写真　増山正巳

吾輩は犬である！

デェクスター君が、朝焼けの中で勉強中です。
ほら！ 見て！ 空と海の輝きがきれいだネ！
「永遠に続きますように」って！ そうだネ！ 永遠に……

ボクもかつては、人が死んだら星の輝きに変わって
永遠に生きられると思っていたけどネ！
「永遠に続きますように」って！ 永遠に……

答えはいつか風が教えてくれるよ！
「永遠」って事をネ！ 愛犬デェクスター君！
今は、素晴らしい朝焼けが見れてしあわせだよネ！
しあわせをありがとうございます！ 神様！

和泉なおふみ

Picture Simon W. Rodgers
写　真　サイモン・ロジャース

人生通過儀礼

人生を歩んで行く過程で、どうしても諦めなくてはならない
無常の出来事に、波のように幾度かぶち当たると思います。
そして、季節の花を眺めながらどうにもならない事を悟り始めます!
悟りを悟りと思わないように自分をごまかした時もありました。

諦めた訳ではないけど、どうにもならぬ事を知りました。
激しい雨に打たれ、疲れ果てて眠り込んでしまった悲しい夜!
そして、悟りを認めざるを得ない孤独な自分にひたすら泣きました。
悟りを悟りと考えないように他人に成りすました時もありました。

夢を捨てた訳ではない、どうしようも出来ない事に気づいた。
それも、悲しみを乗り越えて生きる為の人生通過儀礼ですよネ!
そして、悟りを認めざるを得ない自分が過去にすがって泣いていた。

そして、いつの日か死んでしまうのなら、生まれて来なければ良かった
などとは考えないように悔いのない命を歩んで行こうと祈りを繰り返した。
この世に生まれて青空を飛ぶように生きて人を愛し、悔いなく死んで行きたい!

和泉なおふみ

Picture　Simon W. Rodgers
写　真　サイモン・ロジャース

しあわせ論

しあわせの幾つかの中で!
しあわせは、いつもあなたが追い求めている夢だけとは限らない!
時にはしあわせはその夢の過程を楽しむ時間が
人生を歩んで行く素晴らしさである事だと思う!

　　　　　　　　　　　　　　和泉なおふみ

写真　鈴木美智代

君のことを愛しているよ！ まるで友達のようにネ！

「人を好きになりそばに居るだけでいい！」そんな気持ちを大切にして来た自分！
相手との気持ちのズレ、趣味の違いとか、それとも時間のズレとか考えたけど？
どうなんだろうか？ 出会いのタイミングが合う合わないの違いかな！
そんな事が少しでもズレると、お互いに心を伝え合う事は難しい！

一目惚れ、相思相愛、それとも運命の人を探した訳でもあるまいし
お互いに以心伝心で相手の気持ちが理解出来るという説もあるけど？
「赤い糸で生まれる前から二人は結ばれている！」という愛のポスターを見るたびに
「これから先、もう、好きな人が出来ないかも知れない！」なんて叫びたい！

悲しい言葉を、誰かに言ったとしても、愛を求めるだけで得られない自分！
もし好意のある相手に、男女のなかでは成立しにくい友情関係が約束されるならば
このままの距離で友達のように君のことを愛していた方がしあわせかも！

友達か恋人の関係の狭間で揺れているボクの恋なのか愛なのかの君への熱い思い！
「ボクは、君のことを愛しているよ！ まるで友達のようにネ！」としか告白出来ない
自分を正当化してるのか？ 見せかけの愛なのか？ だって今の関係を壊したくないから！

和泉なおふみ

写真　棚澤明子

飛行機が滑走する！

自分の欲しいものが夢となり、それに向かって走り続けました。
青空に飛行機を見ながら唇を噛みしめて大きな夢は幻と思っていた頃！
夢のかけらを握り拳の中に、握りしめる度に
大きな夢は幻ではないと気づいた季節の変わり目！
移りゆく時代の狭間で、人生の生きがいを確認出来ました。

いつか人は死んで土に還らなければならない事を
この世に生まれた時から知っていた自分！
うつ向いて泣いてはいられないと、
涙を勇気にかえて飛行機が飛ぶ空を追いかけていた！

和泉なおふみ

写真　鈴木博幸

私という他人

お気に入りの服を着て、私がしあわせだと装っています！
しあわせだと人に思われるのと、私の気持ちとは裏腹だけど！
私の創り上げる私の中のしあわせのイメージと向き合いながら
他人が創り上げる自分の中のしあわせのイメージが交差する！

他人が創り上げた自分のしあわせのイメージがひとり歩きして
勝手に虚像化されてしまって、もう一人の自分が創り上げられて行く！
しかし、嘘の自分が未来には本当の自分に変わるかも知れない！
他人に見える自分のしあわせは私にとって陽炎のよう！

お気に入りの服を着て私がしあわせだと装っています！
他人に見える自分のしあわせは私にとっては虹を掴むよう！
どうせ自分が美しく見えるのなら、月の美しさと共に輝いて見せる！

他人が創り上げた自分のしあわせ違いのイメージを演じます！
だって、見せかけのしあわせでも、私に見えない私のしあわせでも
そして、私がしあわせではなくとも、それも一種の私のしあわせだから！

和泉なおふみ

Picture　Simon W. Rodgers
写　真　サイモン・ロジャース

愛のお裾分け

年輪を刻んで人生を送って行くと、男とか女とか関係なく人間として見方が変わる！
プラトニック・ラブ、人間愛もしくは無償の愛に変わってしまうんだよ！
愛は永遠に続くとは限らないし、花が枯れるように愛にも終わりが来ます！
愛も幸せもあなたの考え方次第で変わる。また愛の種を自分の心に投げつけてみる！

そこからまた自分の愛を産み出して、人々にその愛をお裾分けしてあげれば、
人生も花が咲き乱れるように素晴らしい日々を過ごして行けると直感します！
心から生まれて来て良かったと想うように誰かに微笑みたいから！
自分の人生の終止符の日にそのように想いたいから！

だから、青空を見上げながら、また愛の種を自分の心に投げつけてみる！
そこからまた自分の愛を探しながら、人々に笑顔をお裾分けしてあげれば
人生の風の冷たさも、夏の涼しさへと思えるように人生を歩んで行ける！

この世に、生まれて来て良かったと想うように！
自分の人生の終止符の日を想い、終活の支度をしたいから！
そして両親へ「ありがとう！」と最後の言葉を馳せたいから！

和泉なおふみ

写真　小澤直之

弱音なんか吐くもんか!

すずめのさえずりで目を覚ました朝とは裏腹に深い孤独感が襲って来た。
だって夢の世界ではしあわせな俺が笑って生きていたからだ!
どうせならこのまま眠ってしまって二度と目が覚めなければいいんだ!
近ごろ俺は、人を信じることに疲れてしまったと感じる!

別に俺自身の勇気から逃げていた訳でもないし隠れていたわけでもないんだ!
もしも、俺の夢がこの握り拳のなかに、絵に描いたように掴めるのならば!
どんな危険や試練にも耐える勇気と希望を心の底に秘めている。
夜空を見上げては、星の輝きの中で、欲しい夢の星を数えて渇望した!

でも、どうして俺の夢の為に人々を傷つけなくてはいけないのか?
とても猛烈な大津波が来て地獄になろうとも、俺の底力を信じて意志を貫き
どんな逆境でも、真剣勝負でこの握り拳の中に夢を掴んでやるゼェ!

たとえ夢を掴み損ねても雑草根性で、また始めから夢を追いかけてやる!
俺の夢を妥協という絵には描きたくないから、情熱を輝かせたいから!
もしも俺の夢が粉々に砕けようとも、ガチコン根性で弱音なんか吐くもんか!

和泉なおふみ

写真　棚澤明子

永遠の夏

夢のように永遠に続く夏が、またきょうもボクの瞳の中で広がっている!
君が去ってしまった熱い砂浜の日から、想い出の君を永遠の夏の中で探している!
きっと永遠の夏の何処かに君がいる、そしてまた逢える事を信じて青い海を見ている!
白い砂浜に残った足跡を辿りながら、永遠の夏の中をただあてもなくボクは彷徨っている。

夏の暑さで乾いた涙も、茶色く焦げてしまった枯葉のように想い出さえも薄れて行く!
暑さで情熱すらとけてしまった事を知ってても、何処までも続く水平線を眺めて
潮風になびくヤシの葉が誰かの影に思え、君と見間違えた太陽の光の中で、
愛の亡霊は、永遠の夏の闇の中を赤いハイビスカスの花と彷徨っている!

白い砂浜で君を見たと錯覚した。あの夏の日の君の陽炎に過ぎなかった!
「ごめん! 君をひとりにして! ごめん! 想い出の君を永遠の夏の中で探している!」
君は「サヨナラ!」と手を振ったけど、あしたきっと君に再び逢える事を信じて!

想い出の君が、永遠の夏の中で彷徨って、二人のテーブルを探している!
オレンジ色に光る海を見つめながら、面影の君を終わらない夏の中で探している!
君は「サヨナラ!」と手を振ったけど、あしたきっと君に再び逢える事を信じて!

和泉なおふみ

Picture　Naofumi Izumi
写　真　和泉なおふみ

せいたかあわだち草

鎌倉の街を想い出を辿りながら歩いている時に
せいたかあわだち草が青い空に黄色い風船のように空を駆けまわっていた！
もう忘れていた遠い遠い日々を、潮風といっしょに連れて来てくれた。
そして、秋のやさしい午後の古都の香りを風に感じながら、
肌にしなやかに感じながら、風に抱かれながら……

地図を右手に持ちつつ、風に体を委ねながら彷徨い歩いていると、あれ？
何処からともなく、お母さんと赤ちゃんの笑い声が響く、鎌倉の街！
そんな想い出を連れて来てくれた太陽の光りの中の鎌倉の街！
そして鎌倉の街で、静かにやさしく想い出を何度も振り返った。

　　　　　　　　　　　　　　　　　　　　　　　和泉なおふみ

写真　鈴木美智代

お母さん

初めての小学校の遠足の日の前の夜に、
ボクの気持ちが興奮して眠れなかった時
お母さんと一緒に寝てもらった温もりの想い出!

怖い夢を見て「お母さん!」と叫んだ
夜のしじまの闇の中で、希望への行き先をも見失ったボクに
恐怖の心を忘れさせて、信じる心に育ててくれたお母さん!

いつまでも、ずっと、ボクのそばで元気よく
微笑んで欲しい、ボクのお母さん!
きょうも青空の下で、お母さんと一緒だネ!

　　　　　　　和泉なおふみ

写真　守田真理

やさしい時間

人生を通り過ぎながら考える事は、失敗を正当化しようとした自分
若い時にはわからなかった若さのありがたみを季節に感じながら！
時間も無限に使えると思い、とことん自分の夢を追いかけなかった！
でも、悲しいけど、時間がやさしく教えてくれました。

そして、大人になる事は妥協も理想だという事も学びました。
チャンスを上手く掴む事もその人の能力の実力だとも知らされました！
計り知れない悲しみを笑顔に変える技も身につけました。
それが人間の成長だという厳しさも教えてくれました。

だから若さを失った事を嘆いたり、限られた時間と感じて生きるよりも
現在を花のように輝いて力のある限りに残された時間を楽しみ生きます！
月日が流れ去ってしまったとしても、戻らなくとも、星の輝きになっても

少年の頃の純白な気持ちは大切に傷めないように心に滲ませて
人間の人生は生まれ輝き、咲き誇り、笑顔に満ちた日々を駆けめぐり
そして、自分の人生の充実感と共に後悔なくやさしく永眠して行く！

　　　　　　　　　　　　　　　　　　　　　　和泉なおふみ

Picture　Simon W. Rodgers
写　真　サイモン・ロジャース

告白

愛を言葉にして大切な人に告白するよりか！ ラブレターをも仕向けるよりも！
その大切な人に、毎日のように会う事が出来れば何よりのしあわせ！
単刀直入に言って、告白して気まずい思いの空気の中で日々を過ごしたくない！
近くにいてもう二度と大切な人に以前のように笑顔で会えない事が恐ろしい！

さよならが怖いし、愛に溺れぬように大切な人との距離を保ちたいからです！
たとえ、愛を言葉にして大切な人に告白して恋が愛に変わり実ったとしても！
大切な人と一線を置いて、恋人以上に関係を越えたくない複雑な心境です！
何でも線を引いて自分と大切な人の境界線を護り恋を失いたくない心が先走る！

負け犬というよりも、恋の臆病者になってしまったのかも知れない！
愛を言葉にして大切な人に告白するよりも、恋の安全地帯に立ちすくんでいたい！
完璧なさよならが出来ないから！ さよならが怖いから！ さよならを言えないから！

たとえ愛を言葉にし大切な人に告白して恋が愛に変わり実ったとしても
お互いの距離を置いて大切な人と付き合いたい自分の防衛する気持ち！
だから、ただその大切な人に毎日のように会えれば自分の気持ちは満足です！

和泉なおふみ

写真　ハルンあきひろ

風見鶏

ボクの愛犬達と風に逆らって砂浜を走っている夏の昼下がり！
愛犬達がボクの足元に触れて、くすぐったい！
そして、さびしい時にはボクへ笑顔を運んで来てくれる愛犬達！
ボクの夢を海へ投げつけたら、期待の波のメッセージが砂浜に見えそう！

ボクの愛犬達と風に逆らって砂浜を走っている夏の昼下がり！
風に逆らって走ったら、誰かに叱られてしまいそう！
自分の意志を貫き通し、人生を走り抜けてしまった。
誰も傷つける訳でも、誰を欺いた訳でもなかった！

だって、風に委ねた方向よりも、自分に素直に生きたいからだよ！
逆らったら風を感じて、キラキラと光る波のあいだにボクの夢が見えそう！
ボクの愛犬達と風に逆らって砂浜を走っている希望な夏の昼下がり！

だって、風に振り回されるよりも、風船のように青い空を泳ぎたいからだよ！
逆らった風を感じて、キラキラと光る太陽の光の中に有望な未来が見えそう！
ボクの愛犬達と風に逆らって砂浜を走っているやさしい夏の昼下がり！

　　　　　　　　　　　　　　　　　　和泉なおふみ

Picture　Simon W. Rodgers
写　真　サイモン・ロジャース

愛の証明書

愛はひとりでいくらでも語る事が出来る。
「あの人も私と同じ気持ち、そして運命の人に逢えた！」と
だって、君のひとりごと、ひとりよがり、そしてひとり芝居だから！
相手の愛のささやきを、愛の証明書にかえようとして！

愛はひとりでいくらでも呪文を唱えるように物語を創れる。
「あの人は私だけに、はにかみ屋さん、そして運命の星を見つけた！」と
だって愛というものは、二人で愛を奏でて「真実の愛」を確認し合う！
愛には二人の向きあった瞳があれば、愛の呪文や証明書はいらない！

相手から一生懸命に、愛の証明書を手に入れようと私利私欲に溺れる！
あの人は、私を迎えにきっと来てくれる。そして、運命の人だから！
それでもなおかつ、愛は意思の疎通をはかると語り続けますか？

自分の心のページに相合い傘を落書きし、自分だけの愛に酔いしれている。
たとえ君が最愛と思っている人へ熱いメッセージを送ったとしても
それでもなおかつ、愛に服従していると宣言して居すわり続けますか？

　　　　　　　　　　　　　　　　　和泉なおふみ

写真　本田志麻

あなたがいる場所

学校であなたといつもすれ違い、声をかける瞬間が合わずに待ちぼうけ！
あ～ぁ！　そうするとあなたに会える場所は切ない夢の中でしかないだろうか？
恐怖と希望を抱いているうちにあなたは季節と共に移ろい去って消えてしまう！
このまま相手に告白せずに、未来の自分がひとり後悔する姿も見たくないです！

それとも勇気を出して、熱い瞳をあなたへ発信してあなたの心を操りますか？
それとも夢の中で自分の恋に恋して、ひとりよがりの恋に満足して笑っていますか？
学校であなたに会えても言葉を投げる事の出来ない小心者の私は恋の道化師かも！
いっそうの事、私のやりきれない気持ちと共にこのまま夢を見ながら死んでしまいたい！

それとも放課後の教室で何気なく、あなたの前でお財布を失くした振りをしますか？
そして、あなたと夕焼けに染まっている帰り道を歩いて恋の予感を感じますか？
「そっとあなたの腕の中で包まれて永遠に眠ってしまいたい」と愛の呪文を唱えますか？

あなたが描いているあなたの人生の夢の数々と一緒に過ごせるのならば……
「私の夢をあなたの夢に乗せて人生を共に歩んで行きたい！」とあなたへ伝えたい！
きっと、そんな偶然が来るように願うよりも、私みずから運命を産み出して行こう！

和泉なおふみ

Picture　Simon W. Rodgers
写　真　サイモン・ロジャース

沈丁花

沈丁花の香りは計り知れない愛の匂いがしている。
ボクも沈丁花の香りになり、君を官能してしまいたかった。
そしたら、朝まぶたを開いた時に君の寝顔を見つめる事が出来た。
沈丁花の香りは恋する者達の希望の媚薬を降り注いでいる!

名前も人々から「ちんちょうげ」「じんちょうげ」と呼ばれて
どっちが名前かあだ名か分からない、おかしい沈丁花
沈丁花は生まれたふるさとを離れない! 移り住むと枯れてしまう!
ボクは、氷の心を抱きしめてふるさとを去り死んでしまったけど!

雨水の季節が過ぎ、春の足音が聞こえ始めると何処からともなく
沈丁花の香りがあの日の想い出を、やさしく静かに蘇らせてくれる。
ボクは、沈丁花の香りに官能され、君とふるさとを失ってしまった。

それとも、富士山を背景にうつる茜色の夕焼けにあきてしまったかも?
そして、それ故に、沈丁花の匂いに化身してしまって、
風と共にまたどこか知らない街で、君が居るふるさとを見つけてみよう!

　　　　　　　　　　　　　　　和泉なおふみ

美しい花はいつかは枯れるんですよ！

美しい花を見たいが為に、春一番が吹くと共に種を蒔き
水をやり肥やしをあげて、芽を出した苗を丹念に育てました。
それにつけ花に話しかけて、ボクの笑顔を見せて愛情まで注いで
早く美しい花を見たいという思いを、花達に託しました。

その過程で余りにもの毎日の忙しさに自分に余裕がなくなり、
あげくの果てに仕方なく10本育てていた苗を3本切り捨ててしまいました。
その残った7本すら、水やりと愛情をかけて育てるのが大変で6本の苗を
わざと毒を飲ませて枯らして、1本だけを大切に育てる事にしました。

美しい花を見れると楽しみに、その苗へ笑顔を毎日のように降り注ぎ続けました。
ある日、青々とした美しい葉っぱだけで、蕾すらつけずに元気に育っていました。
そして、ボクに実の1つも残さず、秋の紅葉の中に埋もれてしまいました。

後に残った空しい冷たい秋風がボクの手の平を通り抜けました。
近道をして、育てる過程を手を抜いて美しい花を見ようとした結果が
萌える秋の青空に、因果因縁という花を咲かせてボクの心の中に実を残した。

和泉なおふみ

写真　栩澤明子

輝くひまわり

太陽を追いかけて、追いまわして、
青空に咲き乱れ、キラキラ輝く
ひまわりの花が憎い！

　　　　和泉なおふみ

写真　山口勝也

生きている

ボクは今、鳥達のさえずりの中で生きています！
他人ごとだと思っていたけど！
そして、生きることがいつの日にか終わりが来ることも
他人ごとだと思って生きていました。
そして、認知しました。成長したのかも知れません！
もう知らん顔も無視も出来なくなったボクがここにいます！
そして夢を追いかけているボクは今、青空の下で生き続けています！

ボクは今、太陽の光の中で生きています。
いつもと同じ太陽の光の中で生き続けられると思っていた。
そして、生きている事が永遠に続くと錯覚していた。
春夏秋冬と四季を何度も迎えられる事だと信じていた。
そして、見抜きました。成長したと感じました！
もう、迷いとためらいを捨てたボクがここにいます！
だから願いを込めているボクは今、星空の下で生き続けています！

ボクは今、宇宙の片隅でひっそりと暮らして生きています！
水色の空と海のキラメキが永遠に続くと思っていた。
人生の長い道で、目的地に到着する日が楽しみだった。
限りなく終わりのない世界があると思って生きていた。
そして、捜し当てました。人間の生き様を！
だから、この命尽きるまで後悔という言葉を捨て去った！

和泉なおふみ

Picture　Simon W. Rodgers
写　真　サイモン・ロジャース

花曇り

花曇りの空に映る
ボクの想い出の桜の花は、
心の中で散ることがなく
咲き続けています。

   和泉なおふみ

写真　増山正巳

桜の花びら

雨の雫は、悲しい雫の一滴のように意外に重たいですネ！
きゃしゃな桜の花びらにとっては恋の雫の荷が重すぎて
恋の雫に耐えきれなく悲しい恋を忘れ去りたい感情に揺らされます！
悲しい恋の雫を桜の花びらと共にひとひらずつ忘れてしまいたい！

桜の花びらが一枚ずつ散るたびに美しい想い出が未来の勇気になり
そしたら、その雫の重さも少しは輝きに見えて来ますネ！
桜の木の下に落ちた桜の花びらも太陽の光によって、雪景色のような
白い銀世界のような輝きに見間違えそうな時もしばしばあります！

私の涙の雫でもあるし、恋の転機になる桜の花だからです！
満月の夜に桜の木の下で死んでしまいたいという気持ちになり、
いやがうえにも桜の美しさに魅せられ、酔いしれてしまう！
ほら！　桜の花びらが月の光で宝石のように輝いて咲いている！

　　　　　　　　　　　　　　　　　　　　　和泉なおふみ

写真　増山正巳

言葉を伝えてくれ！

私が言葉を覚えたのは、あなたへ私の気持ちを伝える為！
「言葉なんか覚えるんじゃあなかった！」などと、
人との食い違った気持ちの中で、腐ってしまう自分の心！
「見ざる！ 聞かざる！ 言わざる！」そんな殻を壊して！

私が言葉を覚えたのは、あなたへ私の笑顔を見せる為！
悲しい物語をあなたへ伝える為ではない！
だからしあわせな言葉を奏でて下さい！
「きょうもいい日になりますように！」と言葉の呪文のように！
だから、私は言葉をあなたへ伝えたい！

和泉なおふみ

Picture   Simon W. Rodgers
写　真　サイモン・ロジャース

殺意のあたる場所

庭の昨日今日明日という三色カラーの花の木が嵐の夜に倒れました。
つっかえ棒で支えようか？　それとも木の頭を少し切ってあげようか検討中です！
頭デッカチの木だったので、根が雨の雫の重さに耐えきれなかったようです！
人間も地に足がついていない人には気をつけろと噂されますよね！

まだ木は完璧には枯れていなく根が半分残っていて、成長しているみたいです！
花を咲かせながら倒れている木も、生まれて初めて見るボクには新鮮な気分でした。
「しかし、つっかえ棒をしてあげて根が正常に伸びて美しい花が咲いたとしても！
また嵐が来て枝が窓ガラスを割ってしまう危険性もありうるかも知れないぞ？

安全な道を選んで木を見捨てて枯らしてしまおうか？　どうしようか？」と
そんな事を心の片隅で思っている暑い太陽のあたる場所にいます！
シマッタ！　木を切った後に奇想天外にもギラギラと芽が根から吹き出しているぞ!!

人間の些細な殺意も、とても小さな出来事から頭をよぎりささやきますよね！
人間には理性をコントロールする善悪の能力が神様から授けられていますよね！
理性を判断するのは自分自身、そして、自分の人生が世の中へと位置づけられて行く！

和泉なおふみ

Picture　Naofumi Izumi
写　真　和泉なおふみ

愛は歯車、それとも風ぐるま!

結婚生活が長くなるとお互いに歯車のようになり、
相手なしでは生活が回らない仕組みに関係が築き上がる!
相手の車輪が止まってしまうと自分の車輪も止まってしまう!
お互いの背負って行く荷物も次第に増えて重みが増して行く!

だから、いざ愛が終わってしまってもその歯車を止める事が誰にも出来ない!
結局愛のない偽りの結婚生活がくるくる回る風ぐるまのように風に吹かれて続いて行く!
無味乾燥にくるくる回る風ぐるま、虚しい風、切ない風、それともやりきれない風
屋根の風見鶏も、風が吹くたびに四方八方へ行き先を変えて行くお調子者だ!

捨てたい愛の気持ち! 捨てられない愛だった想い出!
愛はしがらみの歯車、それともくるくる空回りする風ぐるま!
お互いに笑う訳でもなく、濃厚な接触もない! 憎しみ合って言い争う訳でもない!
ただ、二人のテーブルは無言だけの空気が漂っているだけ!
サヨナラを言うタイミングさえも心に秘めて、相手を愛する気持ちとは裏腹に!

相思相愛だったと信じていた二人の過去の足跡さえ残っていない!
壊したい愛の気持ち! 壊したくない愛の誓い!
死んでしまわなければ止まらない、愛の歯車、それとも風ぐるま!
絶交という言葉を使うのが、簡単だった頃に戻れたら
このしがらみの関係にも終わりという文字があるだろうに!

過去も現在も二人は回り続けた! そして、未来も続く愛の歯車、それとも風ぐるま!
たとえ、水魚のような夫婦でさえも愛別離苦からは避けられない無常の人生!
遅かれ早かれ、この息尽きるまで続くだろう愛の歯車、それとも風ぐるま!

和泉なおふみ

Picture　Simon W. Rodgers
写　真　サイモン・ロジャース

俺達はどうして結婚なんかしたんだろう？

風がいつも、結婚したい時が結婚適齢期と噂している！
女性達は優しさを美徳や贅沢と考え、優しい人と結婚したいと言う！
お前の微笑みを終生苦楽に、ずっと見続けると思った結婚式の鐘の音が響いた日！
この世界が終わりの日を迎えようとも、俺達の愛は永遠に生き続けると信じていた。

天使のささやきも、鳥達のさえずりさえも今となっては地獄絵のような叫び声だ！
絶望というのは、悲しい事や楽しい事を感じなくなってしまった時かも知れない！
「みんな俺達を見ててくれ！ 離婚しても今まで通りずっと仲の良い友達でいられるから！
俺達は愛し合っているけど、ただ求める夢の方向性が異なっただけなんだ！」

俺達の最愛の子供を天国へ見送った後に、想い出にすがり過去に取り憑かれた！
想い出の写真を見る度に、しあわせだった写真の中に居座っていた。
「俺達は離婚しても、今まで通りに友達のように愛し続けしあわせだから！」

あの時に俺達はずっと一緒にいたいから結婚したんだろう？ なぜこうなったんだ！
銀行口座の金は半分、家はお前の取り分！ 今までの二人の赤い糸は切りますか？
残った熱愛はどちらの取り分？ それとも俺達の化石の愛を焼き捨ててしまおうか？

和泉なおふみ

写真　本田志麻

ひとり歩き

ひとりきりになっちゃった！
二人っきりを卒業しただけ！
少しさみしいけど……
ひとりっきりで歩くのも気楽だよ！

でも、強がりはよすよ！
ひとりっきりになっちゃった！
やっぱり誰もいない！　月の光の中にも！
いいだろう！　素直になればいいのサァ！

だから、今夜だけは泣けばいいじゃあん！
だって誰も気になんかしていないよ！
君の声にも出来ない悲しみなんか！

だから、今夜だけは泣けばいいじゃあないか！
だって誰も聞いてはいないよ！
君のすすり泣く声なんか！

　　　　　　　　　　和泉なおふみ

Picture　Simon W. Rodgers
写　真　サイモン・ロジャース

埋めようのない空白

鳥のさえずりのやさしい朝の中で、みんな行ってしまったと感じた。
季節はいつもと変わりなく、あの頃のようにやって来るのに！
ボクの気持ちもあの頃のそよ風と同じなのに、みんな行ってしまった。
同じ季節の中で、置き去りになった気持ちを捨てたくて泣いてしまった。

男だけど、我慢が出来ず誰も見ていないから泣いてしまった。
もしかしたら、誰かに聞かれたらと思い、声を殺して泣きました。
もうあの頃には、戻れない！ 戻りたい！ そして空白な心
みんな去ってしまったようで、居場所がないような感じがする！

ひとりため息をついて青空を見上げて泣いてしまった。
あの頃の「Love Song」を聴いて泣いてしまった。
もしかしたら、誰かに聞かれたらと思い、深夜にむせび泣きました！

みんなは先へ進んで行ってしまったという取り残された感じがする！
現在の自分と、過去の自分がまた、たわいのない事を心の中で話し始めた。
今現在を楽しんで大切に生きて行こうと、鳥のさえずりにまた耳を傾けた。

和泉なおふみ

写真　小宅克実

二人の悲劇

人生でひとりが悲劇と思うのは、いつもそうだとは限らない！
二人で過ごしている時間が、ひとりで過ごすようにさびしくなる気分の時がある！
約束の場所や時間を間違えたり、邪険にしたり、されたりしている空間の中で、
二人の空間の中に生きた空気を加えなければならないのなら、ひとりがしあわせです！

人生を通り過ぎながら、ひとりが悲劇とは、いつも限らない！
海の見えるカフェ・テラスで、二人お互いに違う方向の青空の夢を見ている！
お決まり事の人々のたわいもないこぼれ話を会話しながら、ため息しながら！
そういう二人の日々が何日も、何年も続いて行くしあわせに気づかずに暮らす！

恋愛映画を見ながら、ハンカチで涙を拭きながら白黒つけたがる女達！
「そんな生きざまなんかどうでもいいじゃあないか！」とつぶやく男達！
女達は、しあわせの黄色いハンカチを捧げてくれる男性を求める！

人生を通り過ぎながら、ひとりが悲劇とは、いつもそうとは限らない！
二人で過ごしている時間が、ひとりで過ごすようにさびしくなる気分の時がある！
人生でひとりが悲劇と思うのは、いつもそうだとは言い切れない！

和泉なおふみ

写真　増山正巳

青空へのドライブ

車に乗っている時、このままアクセルを強く踏めば空へ届くと思ったけど……
ミラーに映るもうひとりの自分が苦笑いを俺に向かってして、そして
「そんな死ぬ勇気もないくせに！甘ったれるな！」と言ってくれた。
でも、このままアクセルを強く踏み、青空へ車をぶつけたかった。

裏切られた涙が頬をつたわり、そして心に沁みていった悲しみだった。
だけど、風だけが俺の肌にやさしく触れてくれた夏模様の青空だった。
風だけが俺の涙を吹き飛ばしてくれる、さよならのドライブだった。
だからこのまま青空へ死のドライブに、出かけようと思った。

大切な宝物と輝いた想い出をめちゃくちゃに砕き壊してしまい、
花壇の黄色い花達を踏みけちらし、死にたい気持ちを切り刻んでしまい、
もう仕方なく、このまま青空へ死のドライブに出かけようと思った。

泣きながら車のにじむガラスを通して見る未来と絶望という標識を見送りながら
幾度となく裏切られた涙が頬をつたわりこぼれ落ちて、心に沁みていった悲しみだった。
もうどうしようもなく、このまま青空へ死のドライブに出かけようと思った。

和泉なおふみ

Picture　Simon W. Rodgers
写　真　サイモン・ロジャース

愛はいつの日か？

愛はいつの日か消えて無くなってしまう！
私の愛も、うるう年ごとに終わってしまう！
「愛の寿命」と言って、いいわけしてしまおうか？

しかし、その化石の愛から
また新しい宝石の愛が生まれる事を信じて！
また誰かを、永遠に愛し続けるつもりです！

和泉なおふみ

写真　長谷川弘之

ボクの青空の下で！

日本に住んでいる時は東京の空は、外国に続いているんだな〜と考えていた。
そして、今外国に住んでいるボクはペリカンが飛ぶ青空を見上げながら
この空も日本に続いているんだな〜と気づきました。
そして、どこの空の下に住んでも自分の運命は、変わらないと悟りました。

場所を変えれば、今逃げ出したい状況を避ける事が出来ると錯覚していた。
過去を捨て、友をも捨てて、避難場所に逃げ込み、自分の生きざまを知りたかった。
自分を責めますか？　自分を裁きますか？　それとも自分に優しく出来ますか？
そして、空が変わったとしても何も変わりはしない水平線のように、時は過去のまま。

自分から逃げ去ろうと自分との追いかけっこを迷路のように彷徨っていた。
自分から逃げまわる必要もないと立ち止まった時に、夢のゴールを見失った。
だから、空が変わったとしても、また過去の状況と同じ喜びや悲しみが生まれる！

そうだよ！　空が変わったとしても運命も何も変わらない！
そうなんだよ！　自分の気持ちが変わらない限り、何もかも足踏み状態のまま！
自分の気持ちが変わらない限り、ボクの青空は、昔のままの青空なんだよ！

和泉なおふみ

Picture　Simon W. Rodgers
写　真　サイモン・ロジャース

失われた愛

たとえ俺達の愛が失われても、たとえ俺達の愛が失われなくとも人生は一度きりだ！
この先俺はいったい何を手がかりに、いつまでお前を待ち続ければいいんだろうか？
前世で俺達は結ばれる事が出来ず、この世で何度も同じ事を繰り返すのはもう沢山だ！
ねえ！ お前はいったい俺の事を本当に愛しているのかい？ それとも……

いっその事、お前が俺へ愛しているの代わりにさよならを言ってくれたなら、
俺は夏風のようにお前のそばから静かに消え去ってしまうだろう！
そうしなければ俺は何処へも行けやしないし、お前の事が頭から離れないんだ！
お前は俺にいつもこんな風に言ったよな！「あなたをしあわせにするのは私の務め！

あなたが私を愛するよりも私はそれ以上にあなたを愛している！ 私にそれ以上言わないで！
あなた！」今すぐにお前の笑顔が見たくてたまらない！ おい！ お前は何処にいるんだい！
天使のようなお前に「お前なしでは生きられない！」なんて言っている訳ではないんだ！

ただ、俺はお前が愛しているのかどうか知りたいだけなんだよ！
俺の事をどう思っているかを訊くなんて、本当に俺は野暮な人間だろうか？
どんな事があろうと、俺がお前と一生涯共に出来たらどんなにしあわせだろうか！

和泉なおふみ

写真　栃澤明子

Lost Love

Life is only once if we become lost Love.
How long do I have to wait for you in the future?
I can't do the same thing over and over again anymore!
Look at me my love ! Are you ever gonna love me?

If you say goodbye to me instead of I love you!
I have to go. I will vanish in front of you like a summer breeze.
Otherwise I can't go anywhere and then I'm swamped on you.
You are always saying to me "It is my job to keep you happy and

I love you more than you think of me! You don't have to say you love me."
Please! I'm dying to see your smile right now. Oh, tell me, where are you?
You're my everything, my Angel. I don't want to say "I can't live without you!"

I just want to know if you love me.
Is it too much to ask you how you feel about me ? Is it ?
I wish I was yours, indeed! No matter what!

Naofumi Izumi

Forever and ever

If people suffer from something,
I can't say it or do it, anything for you!
But I have been thinking always that life is wonderful.
That is why I want to stay alive forever and ever!

No we can not to be forever young!
We will die sooner or later.
Even though we are not ready to go to Heaven,
Things always happen and change in life.

That is why all you have to do is smile!
If my Angel broke my heart, I will still smile!
I can promise you forever and ever!

That is why all you have to do is smile!
I can promise you forever and ever!
I believe my life is wonderful.

     Naofumi Izumi

Picture Naofumi Izumi
写　真　和泉なおふみ

I love you! ～831～

つばさ! そんなに泣かなくってもいいじゃあないの?
縁がなかったのよ! すべて、嘘だったのよ! エリックとの出来事は!
国際結婚は、なかなか難しいっていうじゃあないの!
言葉の壁もあるし、あたいの友達の洋子がオーストラリア人の
男性と結婚したけど10年で離婚しているわよ!
ほとんどのオーストラリア人と結婚した日本女性が10年を区切りに離婚だって!
恥ずかしくって子供を連れて日本へ帰国しない女性もいるとか? つばさ!
驚きだよネ! 国際結婚はパラダイスと思っていた、あたいだけど!

【なおみ! つばさは今はそんな事は、聞きたくない! エリックはアメリカ人だもん!
エリックは、つばさに言ったもの! 運命の出会いだって!!ウフフ! それに、
831ともつばさに言ったわ!】

それ! どう言う意味なの? つばさ!

【I love you! という意味よ! 8つの文字で、3つの単語で、1つの意味よ!】

ヘェ～なるほど! つばさ、エリックって意外にロマンティックな男ネ!
つばさ! だけどネ～! 京子が……
【何が言いたいのよ! なおみ!】
エリックは、どの女の子にも「I love you!」って言うみたいよ!
【つばさには特別なの! なおみ! もう何も聞きたくない! なおみなんか大っ嫌い!】
ハ～ァ! もう! いい加減に、泣くのはやめなよ! つばさ!
あたいまで、泣きたくなるじゃあないの?
あばたもえくぼ! 好きになった人は誰でも天使に見えてしまう! 恋は盲目か!!
だから、サァ～! 泣かないでよ!! つばさってバ～ァ!

和泉なおふみ

831 Meaning「I love you」
Eight Letters, Three Word, One Meaning

写真 増山正巳

絶体絶命

「愛している」のかわりに「サヨナラ!」を言ってしまった。
嘘つきな自分を責めるわけではない!
絶体絶命の、自分の気持ちに泣いてしまった。
外では土砂降りの雨音が、優しく私の心に響きます!
強がりは言っていませんよ!
私は……

だから、泣かないで……
だから、泣かないで……
だから、泣かないで……
ゆかりの薄い、私の恋!

お願いだから、泣かないで!
ゆかりの薄い、私の恋心!
今更、愛しているとは言えないから!

　　　　　　　　　　和泉なおふみ

写真　増山正巳

今の瞬間

人生を生きる事は、素晴らしいです！
でも、押されるように、時間が経っています！
追い立てられる時間を忘れて、深呼吸してごらんよ！
今の時間は今しかないから……

急ぎ足で人生を駆け抜けるよりも、少し道草して
蝶のように薔薇の香りをかいで楽しもうよ！
そうしないと、駆り立てられるように時間が流れるから！
今の時間は今しかないから……

ボーッと海を眺めて、楽しかった事だけ考えてごらんよ！
空と海が終わらないように見えて永遠の命を信じられそうだから！
今の瞬間は、直ぐに過去になるから！ 未来は今だから！

だから、季節を体いっぱい感じ、この命尽きるまで生きます！
人生を生きる事は一方通行で、Ｕターンも出来ない一番勝負だ！
そして、ボクの一度しかない人生は、素晴らしいと信じています！

和泉なおふみ

写真　南田祐子

親不孝者

自分の夢を叶える為に、自分の野望と意志を貫いてしまった！
そして、そんなつもりはなかったのだが、親不孝をしてしまった！
親の面に泥を塗るつもりではなかったのだが、ボクの行動と考えは裏腹に！
でも、親不孝をしていなかったら、自分の夢を叶える事が出来なかった！

親不孝をしてしまったけど、人間失格とは言って欲しくない！
そして、自分の人生に後悔を残したくないから、時間は戻らないから！
親を泣かせなかったら、自分が後悔の中で泣き崩れていたから！
恩知らずとののしられ恨み言をいわれて、後ろ髪を引かれる毎日だった！

親不孝をしてしまったけど、人間失格とボクを呼ばないでくれ！
しかし、自分の夢を獲得した時に、両親も一緒に喜んでくれた。
そして母が「元気な笑顔で帰って来てくれてありがとう！」と言った。

親不孝をしてしまったけど、人間失格のレッテルを世界中に伝えないでくれ！
しかし、自分の夢を握り拳に掴んだ時に、両親も一緒に喜んでくれた！
そして父が「親より先に死ぬんじゃあないぞ！」とつぶやいた！

和泉なおふみ

写真　和泉なおふみ

白色の虹

ボクは小さな頃、青空の彼方で太陽の光に輝く七色の虹を見た。
そして今、想い出を考えながら虹を雨上がりの空に遠く高く見あげている!
つかめない虹、叶えられない夢、そして雨あがりのさわやかな気持ち
しかし、ボクの心の中は霧模様で、虹はボクの泣いた白い涙にも見えない!

あの頃の美しすぎる虹は何処へ行ってしまったんだろうか?
白い雲で虹が隠されているのか? 太陽の光がもっと必要なのか?
それとも、ボクの腐ってしまった心の気持ちを捨ててしまおうか?
ボクの心の虹は、今何処の青空に架けられているのだろう!

つかめない愛、叶えられない希望、そして雨あがりの空に勇気が満ちる思い
幻日という虹を夕日に見ながら、自分の現実の世界をボーッと眺めている!
ボクの心の虹は、今何処の青空に映えて輝いているんだろう!

たとえボクの闇の心に月の光が照らされても、虹はまるで幻にしか見えない!
もう一度、青空の彼方で太陽の光に輝く七色の虹を探してみようと思う!
たとえ、つかめない虹、叶えられない夢でも、青空を見上げながら進んで行こう!

和泉なおふみ

写真 和泉なおふみ

著者紹介
和泉なおふみ　Naofumi Izumi

1963年1月15日　神奈川県大和市生まれ。
静岡県沼津市育ち。群馬県上武大学卒業。
大学時代に文学に興味を持って卒業後も社会人として働きながら、随筆やソネットの詩の勉強中にラジオ番組で、詩「青い季節の流れの中で……」が司会の沢田知可子に朗読される。
英語の詩を書く勉強のために1997年3月にオーストラリアのシドニーへ留学。そのまま移住する。現在は、ケアンズ在住。

2014年9月25日に詩集『空に悲しみがにじむ時まで……』を出版（発行：パレード）。随想、ソネット、エッセー、そして英語の詩も含まれている。詩の作品「運命」「桜を見ながらやさしく感じています」「夏のガラス」「天使の子守唄」「伊豆半島」「じゃあ、またネ」「無償の愛」などが評判を集めている。

君のことを愛しているよ！
まるで友達のようにネ！

2017年10月2日　第1刷発行

著　者　和泉なおふみ
　　　　　(いずみ)

発行者　太田宏司郎

発行所　株式会社パレード
　　　　大阪本社　〒530-0043　大阪府大阪市北区天満2-7-12
　　　　　　　　　TEL 06-6351-0740　FAX 06-6356-8129
　　　　東京支社　〒150-0021　東京都渋谷区恵比寿西1-19-6-6F
　　　　　　　　　TEL 03-5456-9677　FAX 03-5456-9678
　　　　http://books.parade.co.jp

発売所　株式会社星雲社
　　　　　　　　〒112-0005　東京都文京区水道1-3-30
　　　　　　　　TEL 03-3868-3275　FAX 03-3868-6588

印刷所　創栄図書印刷株式会社

本書の複写・複製を禁じます。落丁・乱丁本はお取り替えいたします。
©Naofumi Izumi 2017　Printed in Japan
ISBN 978-4-434-23100-1　C0092